the bears' school

꼬마 곰 재키와 자전거 여행

글 아이하라 히로유키   그림 아다치 나미   옮김 송지혜

아울북

꼬마 곰 유치원의 꼬마 곰들은 하나, 둘, 셋, 넷……. 모두 열두 마리.

오늘도 사이좋게 지내요.

열두 마리 꼬마 곰 가운데
첫째부터 열한째까지는 모두 남자예요.
다섯째는 맥스, 여섯째는 먹보 토피.
나머지 꼬마 곰들의 이름은 나중에 또 알려 줄게요.

막내인 열두째 재키는

하나뿐인 여동생이에요.

가장 어린 꼬마 곰 재키는

가장 장난꾸러기에다 고집쟁이.

그래도 요즘은 조금 의젓해진 것 같아요.

오늘은 날씨가 아주 좋아요.

자전거를 타고 여행을 하기에

딱 좋은 날이지요.

그럼 벨을 울리며 출발해 볼까요?

따르릉 따르릉.
활짝 핀 꽃길을
지나가요.

따르릉 따르릉.
초록 숲을
지나가요.

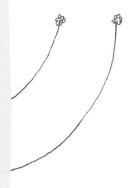

따르릉 따르릉.
출렁다리를 건너서
산 골짜기를 지나가요.
어휴, 무서워!

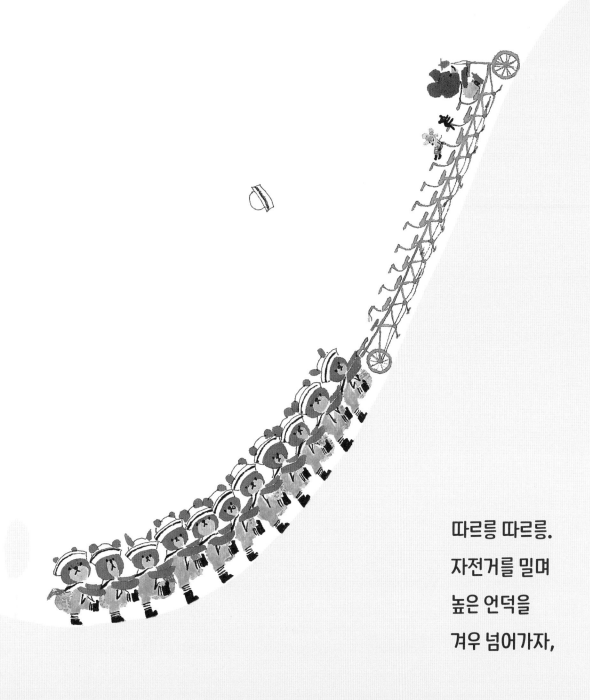

따르릉 따르릉.
자전거를 밀며
높은 언덕을
겨우 넘어가자,

새파란 바다가 펼쳐져요.

"......"

"......"

꼬마 곰들은 이제 수영복으로 갈아입고
준비 운동을 하나 둘, 하나 둘…….
"이제 물에 들어가 볼까?"

어, 그런데…….

철썩, 처~얼~썩!

이런, 큰일 났어요.

꼬마 곰 재키가

바다에 빠졌어요.

무지무지 커다란 파도에 휩쓸려서요.

짠!

그때 새하얀 꼬마 곰 데이비드가 나타났어요.

데이비드는 눈 깜짝할 사이에
꼬마 곰 재키를 구해 냈어요.
우아, 정말 대단해요!

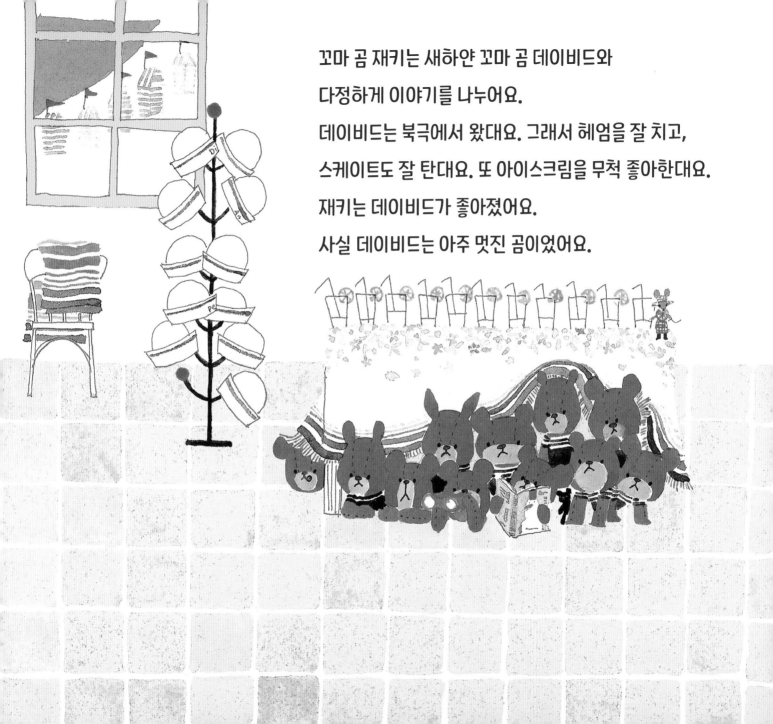

꼬마 곰 재키는 새하얀 꼬마 곰 데이비드와
다정하게 이야기를 나누어요.
데이비드는 북극에서 왔대요. 그래서 헤엄을 잘 치고,
스케이트도 잘 탄대요. 또 아이스크림을 무척 좋아한대요.
재키는 데이비드가 좋아졌어요.
사실 데이비드는 아주 멋진 곰이었어요.

재키는 북극에서 데이비드와 함께
스케이트 타는 모습을 상상해요.
후후, 이런 모습이겠죠?
그리고 정말로 함께 스케이트를
탈 수 있다면 얼마나 좋을까 생각해요.

하지만……

데이비드는 이제 북극으로 돌아갈 준비를 해요.

재키는 데이비드에게 잘 가라고 인사해요.

데이비드가
떠나 버리자,
재키는
너무나 너무나
슬퍼요.

오빠들은 재키를 즐겁게 해 주려고 애썼지만
재키는 잔뜩 풀이 죽어 있어요.
"휴우, 어떡하지?"
바로 그때, 바다 쪽에서 환한 빛이 비쳐요.
'무슨 일일까?' 하고 밖으로 나가 보니,

하늘이 온통 새빨갛게 물들었어요.

" …… ."

" …… "

"으아앙!"

꼬마 곰 재키는 자꾸만 자꾸만 눈물이 나요.
하늘이 너무 아름다워서요.

실컷 울고 나니 기분이 훨씬 좋아졌어요.

배가 고파진 재키는 오빠들이랑 수박을 먹어요.

수박은 아주아주 달고 맛있어요.

엉엉 울었던 일을 까맣게 잊어버릴 만큼요.

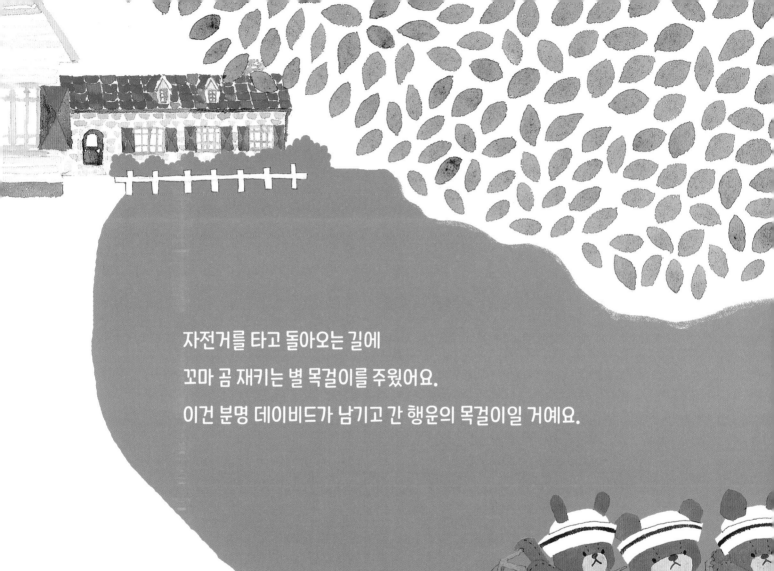

자전거를 타고 돌아오는 길에
꼬마 곰 재키는 별 목걸이를 주웠어요.
이건 분명 데이비드가 남기고 간 행운의 목걸이일 거예요.

그날 밤,
오빠들은 다리가 아파서 끙끙거렸지만
재키는 별처럼 반짝거리는 마음으로
잠이 들었답니다. 행복한 꿈을 꾸면서요.

글 아이하라 히로유키

아이가 다니는 유치원 친구들을 보고 〈the bears' school〉 시리즈를 쓰기 시작하였습니다.
쓴 책으로는 《꼬마 곰 재키와 유치원》, 《꼬마 곰 재키와 빵집》, 《꼬마 곰 재키의 자전거 여행》, 《꼬마 곰 재키의 빨래하는 날》,
《꼬마 곰 재키의 생일 파티》, 《꼬마 곰 재키의 운동회》, 《내 이름은 오빠》, 《넌 동생이라 좋겠다》 등이 있습니다.

그림 아다치 나미

타마미술대학에서 공부하고 그림책 작가와 디자이너로 일합니다.
그린 책으로는 《꼬마 곰 재키와 유치원》, 《꼬마 곰 재키와 빵집》, 《꼬마 곰 재키의 자전거 여행》, 《꼬마 곰 재키의 빨래하는 날》,
《꼬마 곰 재키의 생일 파티》, 《꼬마 곰 재키의 운동회》, 《내 이름은 오빠》 등이 있습니다.

옮김 송지혜

부산대학교에서 분자생물학과 일어일문학을 전공했으며, 고려대학교 대학원에서 과학언론학을 전공했습니다.
현재 어린이를 위한 책을 쓰고 옮기고 있습니다. 《수군수군 수수께끼 속닥속닥 속담 퀴즈》, 《또래퀴즈 : 공룡 퀴즈 백과》, 《매직 엘리베이터: 바다》 등을 쓰고,
《어린이를 위한 마음 처방》, 《괴물의 집을 절대 열지 마》, 《호기심 퐁퐁 자연 관찰: 나비의 한 살이》, 《깜짝깜짝 세계 명작 팝업북 잠자는 숲속의 공주》 등의 책을 옮겼습니다.

🐻 the bears' school
꼬마 곰 재키와 자전거 여행

글 아이하라 히로유키 그림 아디치 나미 옮김 송지혜

1판 1쇄 인쇄 2024년 8월 27일
1판 1쇄 발행 2024년 9월 9일

펴낸이 김영곤 펴낸곳 ㈜북이십일 아울북
TF팀 김종민 신지예 이민재
출판마케팅영업본부장 한충희 마케팅3팀 정유진 백다희 출판영업팀 최명열 김다운 권채영 김도연
편집 꿈틀 이정아 디자인 design S 제작 관리 이영민 권경민

출판등록 2000년 5월 6일 제406-2003-061호
주소 (우 10881) 경기도 파주시 문발동 회동길 201
연락처 031-955-2100(대표) 031-955-2709(기획개발)
팩스 031-955-2122 홈페이지 www.book21.com

ISBN 979-11-7117-721-9 ISBN 979-11-7117-710-3 (세트)

the bears' school
Jackie and the Cycling Trip
Copyright ⓒ BANDAI
First published in 2003 in Japan under the title Kumano Gakkou Jackie no Jitensya Ryokou by
arrangement with Bronze Publishing Inc., Tokyo. All right reserved.

Korean translation rights ⓒ 2024, Book21 through BANDAI KOREA
이 책의 한국어판 저작권은 BANDAI와의 독점 계약으로 북21에 있습니다.

＊잘못 만들어진 책은 구입하신 서점에서 교환해 드립니다.

KC
· 제조자명 : ㈜북이십일   · 제조연월 : 2024. 9. 9.
· 주소 : 경기도 파주시 회동길 201(문발동)   · 제조국명 : 대한민국
· 전화번호 : 031-955-2100   · 사용연령 : 3세 이상 어린이 제품